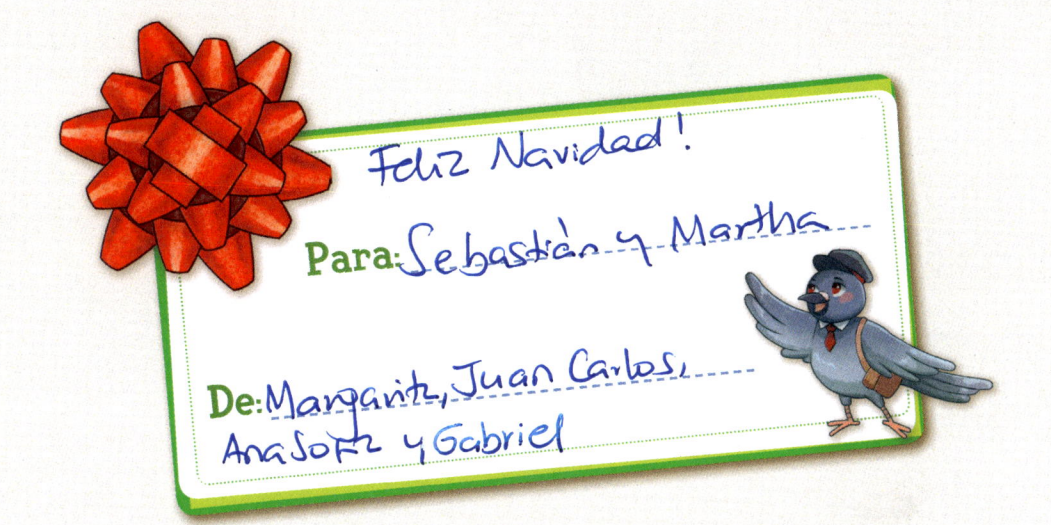

Feliz Navidad!

Para: Sebastián y Martha

De: Margarit, Juan Carlos,
Ana Sofía y Gabriel

Margarita González

Cuentos increíbles
de animales del mundo 2

Ilustraciones de Stephanie Lauman

CUENTOS INCREÍBLES DE ANIMALES DEL MUNDO 2

Edición:
  Anahí Barrionuevo

Diseño y diagramación:
  Juan José Kanashiro

Ilustraciones:
  Stephanie Lauman

ISBN: 978-1-7363290-6-1

Índice

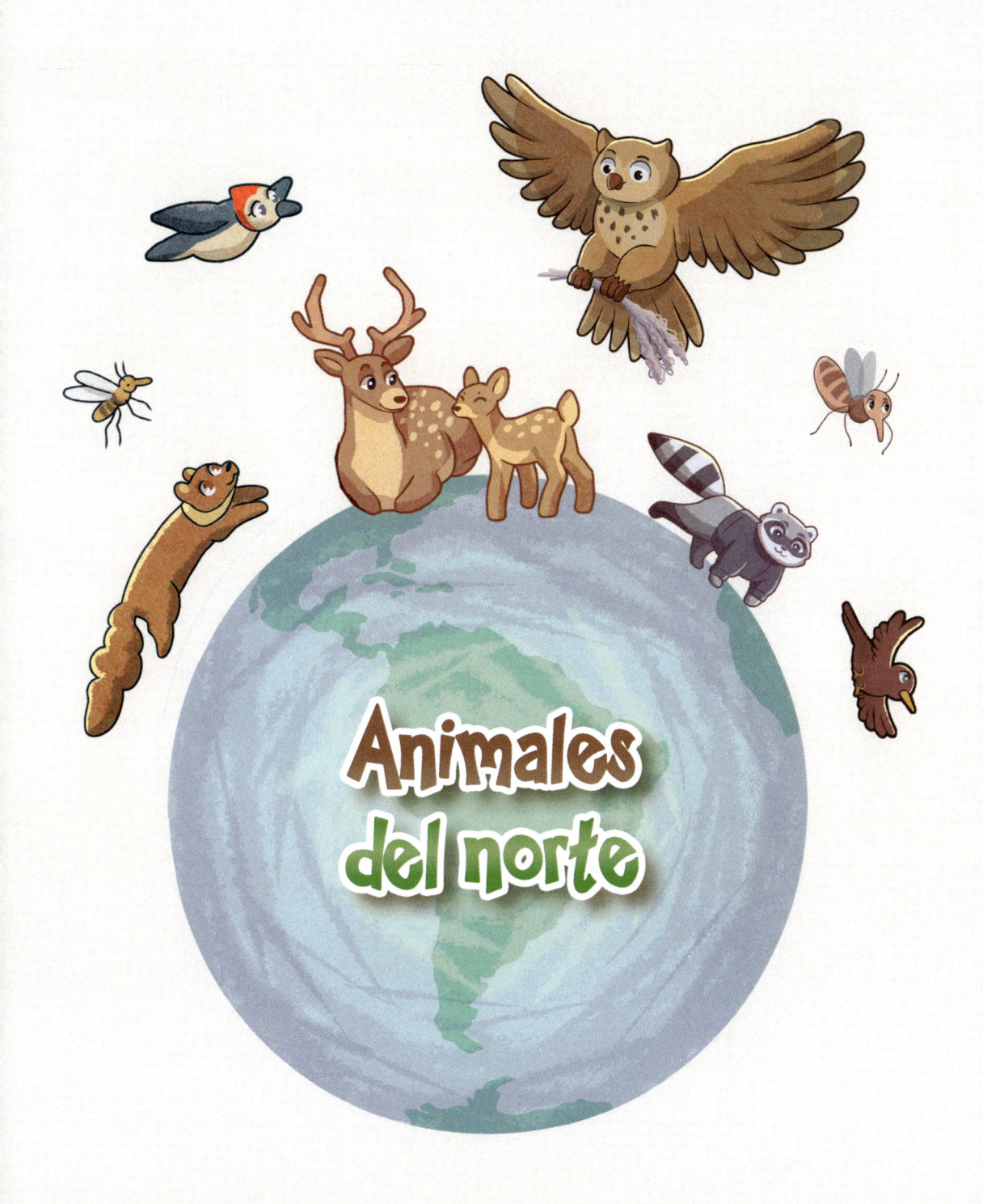

Animales del norte

La ardilla Castilla

Castilla era una ardilla que se sentía orgullosa de sus largos dientes, que nunca paraban de crecer. Por donde iba, mordisqueaba todos los troncos que encontraba en su camino para limarlos.

Cuando se acercaba el invierno, época en que Castilla debía resguardarse, hacía un hueco en lo alto de un árbol, y allí guardaba las nueces y avellanas que recogía. Cierta vez, después de escoger un árbol que no estuviera ocupado, empezó a roer y roer, pero la madera estaba demasiado dura, y al rato, sus dientes se aflojaron. La pobre Castilla se preocupó. Ahora no podría hacer su cuevita para pasar el invierno y además sus amados dientes podrían caerse. De la preocupación pasó a la tristeza, y entonces se echó a llorar.

Pasaba por allí un pájaro carpintero, que, al escucharla llorar, conmovido,

le preguntó qué la tenía tan triste. La ardilla Castilla le contó su problema. Sin detenerse a pensarlo, el pájaro carpintero le dijo que con mucho gusto trabajaría para ella a cambio de alimento.

Era una gran idea, y por eso Castilla aceptó de inmediato compartir su comida con el pájaro carpintero. Mientras él picoteaba el tronco, la ardilla fue en busca de almendras para completar la alacena. Cuando regresó, el pájaro carpintero ya había abierto un agujero y ella terminó de pulirlo con sus patitas.

Cuando cayeron los primeros copos de nieve, la ardilla y el pájaro carpintero ya eran mejores amigos, compartían el árbol y la comida. Pronto, los dientes de Castilla estuvieron firmes de nuevo, y todo gracias a la ayuda oportuna de su amigo el pájaro carpintero.

Lo que leíste

- ¿Cómo se llama la ardilla?
- ¿Por qué no pudo hacer su agujero para pasar el invierno?
- ¿Quién la ayudó?

Dato curioso

Existen más de 300 especies de ardillas, que son roedores, distribuidas en todo el mundo.

El topo Copito

Había una vez un topito que se llamaba Copito. Su mamá le puso ese nombre porque su madriguera quedaba en una plantación de algodón y decía que, después de su hijo, no había nada más lindo que los copos de algodón.

Desde pequeño, a Copito le gustaba viajar, y cuando creció se dedicó a recorrer países. Copito hablaba inglés, sabía leer y escribir, y como quería compartir todo lo que sabía, se estableció en un bosque, abrió una escuela y se dedicó a enseñar.

Entre sus alumnos había ratones, ardillas y castores. Todos iban contentos a clases, porque el profesor Copito les hablaba de sus aventuras y, además, les enseñaba a hablar en inglés. Las clases se iniciaron en el verano y para cuando llegó el otoño, algunos estudiantes

empezaron a ausentarse. Luego vino el invierno y, el primer día de esa estación, ni un solo alumno se presentó a clases. Esto preocupó mucho al topo, así que fue de casa en casa a preguntar por qué sus alumnos no habían vuelto a la escuela. Todos le contestaron lo mismo: por el frío.

El topo Copito, triste por haberse quedado sin estudiantes, se fue a visitar a su mamá en las plantaciones de algodón. Le contó lo que había pasado.

—¡Pero si la solución está frente a tus ojos!—, le contestó ella.

Copito al principio no entendió a qué se refería, y entonces le pidió que se explicara.

—¡El algodón! —añadió la mamá, señalándole las plantas.

Copito se apuró a recoger todos los copos que pudo, y se dedicó a tejer, durante una semana, bufandas y

botas. El topo tejió y tejió, y una vez que terminó, regresó con regalos para todos los estudiantes, que ya bien cubiertos y calientitos, regresaron a clases. «*Hello!*», lo saludaban, y al irse se despedían diciendo «*Good bye!*».

Lo que leíste

- ¿Cómo se llama el topo de la historia?
- ¿Por qué los estudiantes dejaron de ir a la escuela?
- ¿Qué hizo el topo para que sus alumnos regresaran?

El zorro y el zorruelo

Había una vez un zorro que vivía con su hijo, el zorruelo.

Una noche mientras el zorro salió a cazar, el zorruelo se despertó y se asomó a la puerta de la madriguera. Vio unas luciérnagas y, fascinado con sus lucecitas, las siguió. Cuando las luciérnagas se alejaron hacia lo alto del cielo, el zorruelo se dio cuenta de que se había perdido. ¿Cómo regresaría a la madriguera? ¿Cómo lo encontraría su papá?

Mientras pensaba qué hacer, escuchó unos sonidos y se acercó cauteloso. Era un campamento. Había personas allí, y también perros. Siempre alertas, al notar su presencia, los perros se le acercaron. El zorruelo no tuvo miedo. Recordó que su papá le había dicho que los perros y los zorros eran parientes lejanos.

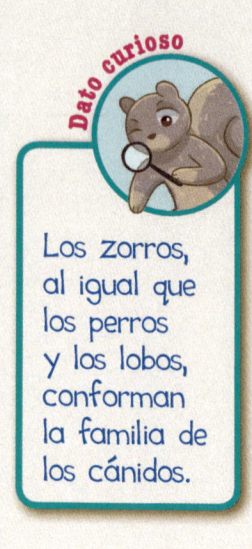
Después de olisquearlo, los perros le preguntaron qué hacía allí, y él les contó que estaba perdido. Apenados, los perros hicieron lo que hace la familia: ayudar. Les gustó ver un zorruelo tan valiente y le dijeron que le enseñarían a aullar, que esa era la manera de encontrarse entre caninos.

Entonces los perros levantaron sus cabezas, alargaron el cuello y el hocico, y aullaron. Tras observarlos, el zorruelo los imitó. Aulló un buen rato, hasta que a lo lejos vio que su papá se acercaba trotando.

El zorro vino apresurado al encuentro de su hijo. Le preguntó cómo había aprendido a aullar, si él todavía no le había enseñado. El zorruelo le contestó que le habían enseñado los perros, pero cuando volteó hacia donde ellos habían estado, notó que se habían ido.

Desde ese día, el zorro y el zorruelo aúllan para encontrarse el uno al otro, y siempre se acuerdan de los perros, sus parientes.

Lo que leíste

- ¿Por qué se perdió el zorruelo?
- ¿Qué animales intervienen en la historia?
- ¿Qué le enseñaron los perros al zorruelo?

19

Lucho, el mapache

Lucho, el mapache, vivía en un bosque donde cada tres meses cambiaba el clima. En primavera hacía fresquito y aparecían muchas flores de colores. En verano hacía calor y todo se ponía verde. En otoño, las hojas de los árboles se volvían amarillas y naranjas. En invierno, todo se veía blanco porque caía la nieve.

Lucho estaba preparado para cada clima: tenía gafas de sol, suéter, sombrilla, botas y abrigos. Además, como todos los mapaches, tenía un lindo antifaz negro que usaba todos los días.

Un día de otoño, Lucho se alistaba para salir de su madriguera y pasó un buen rato escogiendo qué chaqueta ponerse. No lograba decidirse, hasta que por fin agarró la de color azul, que tenía muchos bolsillos y resultaba ideal para ayudar a recoger nueces a sus amigas las ardillas.

Iba caminando y silbando, cuando de pronto le habló un pequeño oso de extraño pelaje rojo:

—¡Apúrate, que vamos a llegar tarde a la reunión! —le dijo.

Lucho no entendió de qué le hablaba aquel oso, pero lo siguió. Descubrió que había llegado a la reunión anual de osos, justo aquella en la que se preparaban para el invierno. Le pareció raro ser el único mapache allí y cuando le dieron instrucciones para hibernar, dijo que a él no le gustaba hibernar.

—¡Todos los osos hibernan! —respondió el oso más grande.

—Pero yo no soy un oso; soy un mapache —dijo Lucho.

—Tú no eres un mapache. ¡No tienes antifaz! —respondieron en coro los otros osos.

—¿Cómo que no tengo antifaz?

Asustado, Lucho se tocó la cara para comprobarlo, y entonces se dio cuenta de que había olvidado ponérselo mientras escogía una chaqueta.

Rápidamente se disculpó con los osos, les dijo que siguieran tranquilos su reunión, y salió corriendo hacia su madriguera, rogando que no se le hubiera perdido el antifaz.

Cuando llegó a casa lo buscó y no lo encontró.

Recordó la cita que tenía con las ardillas para recoger nueces y fue a buscarlas para explicarles por qué llegaba tarde y contarles su problema. Cuando terminó de hablar, una de las ardillas le preguntó:

—¿Ya revisaste tus bolsillos?

Sorprendido, Lucho buscó de inmediato. ¡Y allí estaba su antifaz, en uno de los bolsillos!

Acto seguido se lo puso y así, sintiéndose feliz y completo, empezó a trepar árboles con las ardillas, en busca de nueces.

Lo que leíste

- ¿Cómo se llama el mapache de la historia?
- ¿Por qué confundieron al mapache con un oso?
- ¿Para qué se preparaban los osos de la historia?

Aunque los mapaches no son parientes de los osos, también se los llama «osos lavadores», porque limpian sus alimentos.

La tortuga y el erizo

Una tortuga que vivía en lo alto de una loma, bajaba todos los días a buscar comida.

Una tarde, cuando ya había recogido suficientes hojas de lechuga, decidió regresar a casa. A la mitad de la loma, pisó por descuido un hormiguero. De inmediato un montón de hormigas salieron a morderla. Al mover sus patitas para espantarlas, la tortuga soltó sus hojas de lechuga, y como hacía viento, se esparcieron por todas partes. Mientras las recogía, la tortuga se quejaba y un erizo solitario que pasaba por allí la escuchó.

—¿Qué le pasa, señora tortuga? —le preguntó—. El día está lindo, ¿de qué se queja?

—Las hormigas vinieron a picarme y mientras las espantaba se voló toda mi

Las tortugas son reptiles y están adaptadas a gran variedad de ecosistemas, desde el agua, hasta zonas áridas.

lechuga. Ahora me va a agarrar la noche fuera de casa.

—¿Y usted solo come lechuga? —preguntó el erizo.

—Es lo que puedo llevar más fácilmente —respondió la tortuga—. Las frutas me gustan más, pero no logro cargarlas hasta arriba de la loma.

—Pues mañana la invito a un festín —dijo el erizo—. Conozco un lugar donde hay muchas frutas. Las recogemos, usted las clava en mis espinas y yo las subo hasta su casa. ¿Qué le parece?

—¡Me parece bien! —respondió la tortuga con entusiasmo.

A la mañana siguiente, los nuevos amigos se encontraron y recogieron uvas, moras y frambuesas. Cuando tuvieron suficientes, la tortuga las clavó una por una en las espinas del erizo, que

estaba tan contento de tener compañía, que no paraba de cantar. El erizo subió la loma cargadito de frutas que, una vez en lo alto de la loma, desprendió de las espinas. Esa tarde comieron disfrutando la puesta del sol y acordaron seguir recogiendo comida juntos. En equipo les iba mejor.

Lo que leíste

- ¿Qué se le cayó a la tortuga de la historia?
- ¿Quién se ofreció a ayudarla a conseguir frutas?
- ¿Qué hicieron para subir muchas frutas a lo alto de la loma?

La coneja Guadalupe

—¡Estoy aburrida! —le dijo la coneja Guadalupe a su mamá.

—Anda a ver qué están haciendo tus amigos. Tal vez puedas divertirte un poco con ellos —contestó la mamá.

Sin mucho entusiasmo, Guadalupe salió de su casa. Primero encontró a los castores recogiendo madera cerca de un arroyo, así que jugó con ellos a construir un puente. Después se fue para una laguna donde estaban los patos y los encontró limpiando sus plumas, así que jugó con ellos al salón de belleza. Más tarde vio a unos cerditos revolcándose en el lodo, así que jugó con ellos a pintarse de pies a cabeza, y salió de allí toda untada de tierra. Se despidió y se fue para el río, donde encontró a los osos tomando un baño, y jugó con ellos a mojarse hasta que quedó limpiecita de nuevo.

Después pensó que era hora de regresar a casa y vio a unos mapaches conversando en las ramas de unos árboles, así que aprovechó para charlar con ellos y secarse.

Mientras regresaba a casa, Guadalupe se dio cuenta de que ya no estaba aburrida.

—¡Lo pasé muy rico! —gritó contenta la coneja apenas entró en la casa, y abrazando a la mamá añadió—: ¡Tuve un día muy divertido!

Desde ese día, cada vez que Guadalupe se sentía aburrida, le pedía permiso a la mamá para buscar a sus amigos y luego regresaba feliz.

Lo que leíste

- ¿Cómo se llama la coneja de la historia?
- ¿Con quiénes jugó al salón de belleza la coneja?
- ¿Qué hizo la coneja con los mapaches?

Existen alrededor de cincuenta especies de conejos en el mundo, todas con características distintas.

Los mosquitos en la pradera

En una zona de la pradera de color verde clarito vivían caballos negros, venados amarillos y linces de color naranja.

Cierta vez se desató un gran aguacero y llegaron los mosquitos. Eran muchos, muchísimos, tantos que sus zumbidos provocaban un ruido casi ensordecedor. Pero lo peor no era eso, sino que picaban. Caballos, venados y linces hacían de todo para espantarlos: movían la cola, las patas y las orejas; se sacudían completos. Nada funcionaba. Una y otra vez, los mosquitos regresaban.

Picaban especialmente a los caballos, y los pobres ya estaban cansados.

Un lince que descansaba debajo de un árbol, vio pasar la nube de mosquitos, y calladito y sigiloso, sin hacer ningún ruido, los siguió. Cuando los mosquitos se detuvieron a tomar agua en un charco, los

escuchó hablando: decían que estaban felices por haber encontrado animales de un solo color, que eran sus favoritos.

El lince salió corriendo a contarles a los demás animales de la pradera. Un venado fue el de la idea: se pintarían con más colores. Los caballos se pintaron rayas blancas, los linces se pintaron rayas negras y los venados se pintaron manchitas blancas.

Cuando los mosquitos terminaron de beber, volaron por la pradera buscando a quién picar. Grande fue su sorpresa cuando encontraron a todos los animales decorados. Dieron vueltas todavía un rato, pero llegado un momento, se cansaron y, disgustados, se fueron lejos de allí.

Los caballos, los linces y los venados quedaron contentos con su piel

decorada, y aunque los caballos y los linces se quitaron sus rayas, los venados se quedaron para siempre con sus manchitas.

Lo que leíste

- ¿De qué color son los caballos de la historia?
- ¿Qué animal siguió a los mosquitos?
- ¿Por qué se fueron los mosquitos?

Dato curioso

Existen más de 3000 especies de mosquitos y solo las hembras pican.

Regalos en el bosque

En un bosque vivían conejos, ardillas, ratones, venados, pajaritos y un búho. Todos dormían de noche, menos el búho. A él le gustaba trasnochar y, en cambio, dormía durante el día.

Una tarde, cuando apenas se despertaba, el búho encontró ramitas de lavanda alrededor de su nido y se dio cuenta de que ese olor lo había ayudado a dormir mejor que nunca, así que voló por encima de los árboles saludando a sus amigos y desde allá arriba les dio las gracias por el regalo.

Al día siguiente, las ardillas y los conejos le agradecieron al búho por las zanahorias y las almendras que ahora llenaban sus despensas. Extrañado, el búho les contestó que él no les había dejado esas cosas.

En los días posteriores, los ratones hallaron queso en su madriguera; los

venados, pasto fresco cerca de sus refugios; y los pajaritos, un montoncito de delicioso alpiste en la puerta de sus nidos. Todos estaban contentos con sus regalos, aunque ninguno sabía quién se los había dejado.

Una noche, el búho se preguntaba quién sería ese amigo bondadoso, cuando escuchó un sonido: «¡Pssssssst! ¡Pssssssst!». El búho giró su cabeza para un lado y para el otro, buscando de dónde venía ese llamado, hasta que vio en la rama de otro

árbol a una hermosa ave que se parecía un poco a él.

—¿Les gustaron mis regalos? —preguntó ella acercándose.

—¡Claro que sí, muchas gracias! —dijo el búho—. ¿Quién eres? ¿Qué haces por aquí?

—Soy una lechuza. Aunque no tengo plumas que parecen orejas como las tuyas, somos parte de la misma familia. Vivo en un pueblo cercano, en lo alto de un

lindo campanario, pero allá no tengo con quién hablar, así que estoy buscando un lugar donde vivir. ¿Crees que me pueda quedar aquí?

—¡Sí puedes! —respondió el búho con entusiasmo.

Las dos aves se pusieron a conversar y se contaron historias hasta el amanecer, porque las lechuzas, como los búhos, son aves nocturnas.

Cuando asomó el sol y los demás animales empezaron a despertar, el búho fue presentándoles a la lechuza y les contó que era ella quien les había dejado los regalos. Ellos le dieron las gracias y le hicieron una fiesta de bienvenida. Y así fue como la lechuza se quedó a vivir con ellos en ese rincón del bosque.

Lo que leíste

- ¿Dónde viven los animales de la historia?
- ¿Qué animales de la historia recuerdas?
- ¿Quién dejaba regalos para los demás animales?

La lechuza y el búho pertenecen a la misma familia de aves, pero el búho tiene plumas que simulan orejas.

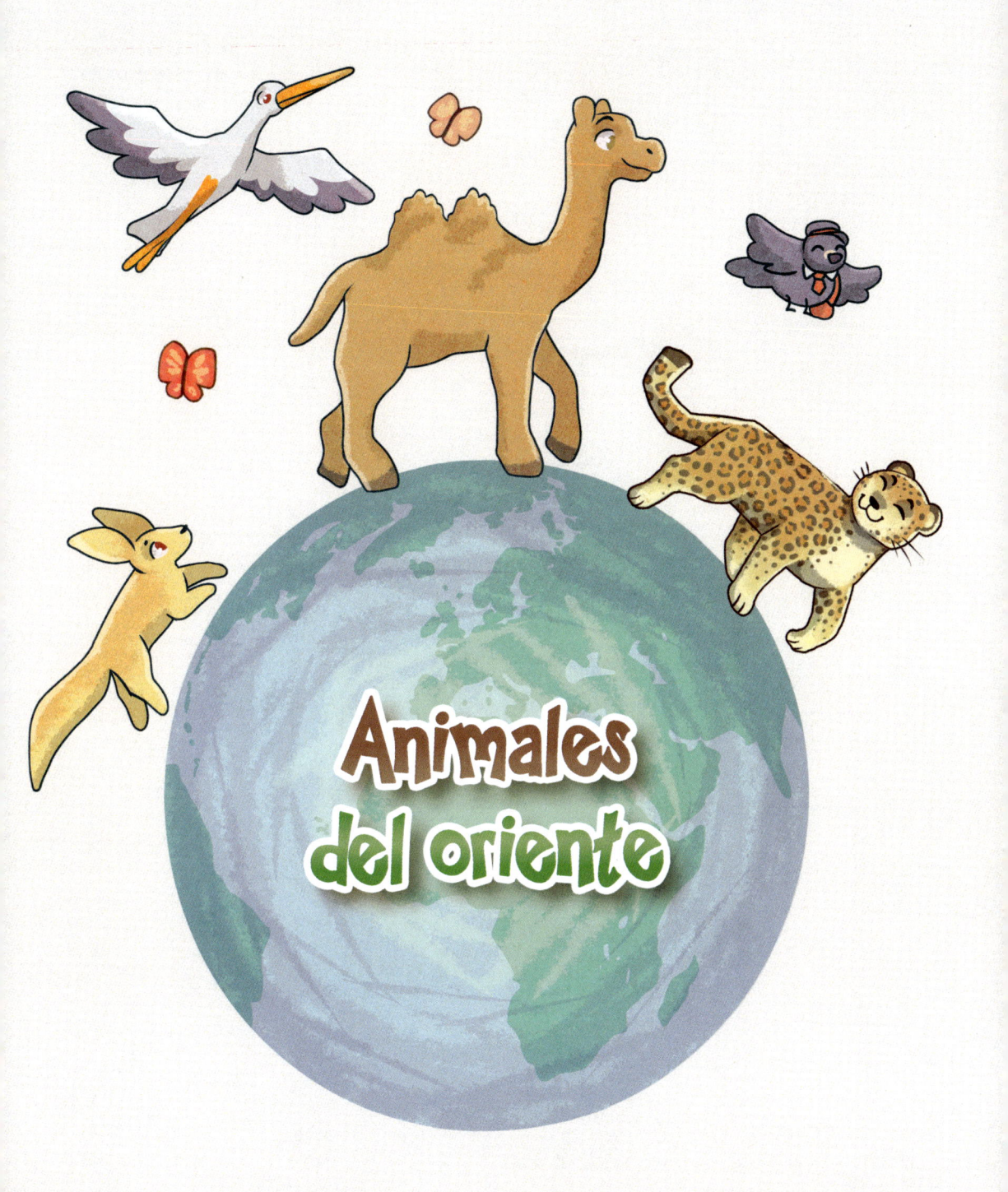

Animales del oriente

Un amigo inesperado

Una osa panda se había instalado en lo alto de una montaña, donde también vivían unos pandas rojos, unos carneros azules y unos monos dorados. Como la osa era la más grande de ese grupo de animales, sentía que debía proteger a los demás, así que cada noche, antes de ir a dormir, caminaba entre la vegetación, trepaba algunas ramas, observaba por aquí y por allá, y solo cuando se aseguraba de que todo estuviera en orden, se acostaba a dormir.

Una noche en que todo estaba en silencio, escuchó unas fuertes pisadas que se acercaban. Trepó rápidamente a un bambú y desde lo alto preguntó:

—¿Quién está ahí?

—Yo —respondió una voz con tono divertido, desde detrás de unos arbustos.

—¿Y quién eres tú?

—Un animal grande y peludo.

—Yo también soy grande y peluda —contestó la osa—. Dime algo más sobre ti.

—Puedo trepar árboles.

La osa panda pensó de inmediato que ella también podía hacer eso.

—A ver, ¿qué te gusta comer? —preguntó.

—Me encanta el bambú.

—El bambú es mi comida favorita —dijo la osa en voz baja—. Esto está muy raro. ¿Eres un oso panda?

—No, pero me gustaría ser uno, porque los osos panda saben nadar.

—¿Y tú no sabes nadar?

—No, no sé nadar. ¿Me enseñarías por favor?

En ese momento salió de su escondite un animal enorme que la osa no había visto nunca.

—Soy un gorila —se presentó, con una inclinación de cabeza en señal de saludo.

—¡Qué grandote eres! —atinó a decir la osa sin salir de su sorpresa.

—¡No preguntaste mi tamaño! —respondió el gorila.

Se echaron a reír y se dieron cuenta de que podían ser buenos amigos.

El gorila le contó a la osa que llevaba mucho tiempo recorriendo bosques, desiertos y montañas en busca de alguien que quisiera enseñarle a nadar.

Al día siguiente la osa presentó al gorila a los demás animales y juntos salieron en busca de un río para empezar las clases de natación. El gorila fue un excelente alumno y aprendió a flotar y a nadar en varios estilos con gran rapidez. Satisfecho con sus lecciones, esa misma noche emprendió el largo camino de regreso a su hogar. Su familia lo esperaba y él estaba

ansioso por contarles a todos que por fin había aprendido a hacer lo que tanto había soñado.

Lo que leíste

- ¿Quién cuidaba a los animales más pequeños?
- ¿Quién estaba escondido entre arbustos?
- ¿Qué quería aprender el gorila?

Dato curioso

El oso panda es un animal en peligro de extinción y es símbolo de la lucha por la conservación de las especies.

El leopardo y la paloma

Había una vez un leopardo solitario que durante el día disfrutaba de descansar trepado en las ramas gruesas de los árboles. Por la noche, en cambio, cuando la selva estaba en silencio, salía en busca de comida. Una tarde, mientras bebía agua de un arroyo, escuchó un revoloteo y un golpe de algo que había caído en el suelo. Se dirigió hacia el lugar de donde provenía el ruido y allí encontró una paloma.

—Me imagino que no atacarás a un soldado indefenso —dijo la paloma con voz fuerte, mirando fijamente a los ojos del leopardo mientras sacudía sus alas que habían quedado llenas de tierra.

—¡Claro que no! —contestó el leopardo sonriendo—. Más bien explícame de qué estás hablando, porque no te entiendo.

—Soy una paloma mensajera —dijo el ave, mostrando orgullosa su pequeño maletín—. Y soy miembro activo del ejército de este país. Pero ahora mi ala derecha está herida, y tengo un mensaje urgente para entregar —añadió con voz angustiada.

El leopardo sintió enorme simpatía por esa ave tan pequeña y a la vez tan segura de sí misma. No sabía mucho de palomas ni de mensajes, ni siquiera de ejércitos en realidad, pero sabía que sería terrible que el mensaje importante de alguien no se entregara por cualquier motivo. Había que hacer algo de inmediato.

—¿Cómo te puedo ayudar? —preguntó.

La paloma le dijo que por favor la subiera a un árbol para emprender el vuelo de nuevo, y el leopardo así lo hizo, agarrándola suavemente con su hocico y depositándola en una rama alta. Pero cuando, desde allá arriba, la paloma se lanzó al aire, volvió a caer al piso.

—Esto no va a funcionar. ¡Déjame llevar el mensaje! —propuso el leopardo—. Mi sentido de la orientación está muy desarrollado, corro muy rápido y sé nadar muy bien.

—No sabría darte indicaciones —dijo la paloma, pensativa—. Solo sé en qué dirección debo ir mientras vuelo.

—¿Entonces qué podemos hacer? —preguntó preocupado el leopardo.

—En último caso, debo leer el mensaje. Voy a sacarlo en este momento, ¡no mires! —ordenó la paloma, que en cuanto leyó, gritó—: ¡Son buenas noticias! ¡Es la dirección de un nuevo hospital! ¿Podrías llevarme, por favor?

—¡Lo haré encantado! —dijo el leopardo, y otra vez la agarró cuidadosamente con su boca para subirla en su lomo.

En el camino, la paloma le narró aventuras e historias sobre el entrenamiento de las palomas mensajeras y los soldados, y el leopardo escuchó entretenido, pensando en lo divertida que era la vida de esa paloma.

Cuando llegaron al hospital, el leopardo esperó a que no hubiera nadie cerca, entró sigilosamente y puso a la paloma encima de una camilla. Luego se trepó a un árbol para esperar a que la atendieran y cuando vio que la estaban curando, se fue de regreso a su lugar en la selva, pensando en todo lo nuevo que había aprendido.

La paloma se recuperó, siguió cumpliendo con su misión de llevar mensajes importantes, y en sus días libres visitaba a su amigo leopardo para contarle más historias.

Lo que leíste

- ¿Qué tiene de especial la paloma de la historia?
- ¿Por qué están preocupados la paloma y el leopardo?
- ¿Qué hizo el leopardo para ayudar a la paloma?

Las cabras y la cigüeña

En una montaña muy alta vivían cuatro cabras y una cigüeña.

Como a las cabras les gustaba probar nuevos sabores, eran buenas cocineras y siempre ensayaban distintas recetas.

Un día, las cabras y la cigüeña se pusieron de acuerdo para hacer un picnic cerca de un riachuelo. Una de las cabras dijo que llevaría un pastel; otra, leche de chocolate; otra, queso; y la más pequeña, galletas. La cigüeña dijo que llevaría frutas y el mantel.

Cuando llegó el día del picnic, la cigüeña extendió su lindo mantel de cuadros rojos y blancos, y puso sobre él una canasta llena de frutas. Pronto llegaron tres de las cabras con lo que habían prometido, pero no llegó la que traía las galletas. Como estaban lejos del lugar donde vivían, la cigüeña les dijo que esperaran y voló alto

por el cielo para divisar a la cabra que faltaba.

Pronto vio a la pobre cabrita: estaba llorando porque se le había roto la olla de barro en la que traía todas las galletas y no se le ocurría cómo llevarlas al lugar del picnic. A la cigüeña se le ocurrió una buena idea, así que se devolvió rápidamente y les pidió a las otras cabras que retiraran todo lo que había encima del mantel, lo agarró con su pico y se devolvió hasta el lugar donde estaba la cabrita. Entre las dos recogieron las galletas, las pusieron con cuidado en el mantel e hicieron un nudo. La cigüeña llevó con su pico el mantel con las galletas y la cabrita corrió rápidamente al encuentro de sus amigas.

Las galletas estaban deliciosas, igual que el resto de la comida, así que todas disfrutaron el picnic.

Desde ese día, la cigüeña siempre tuvo su mantel limpiecito para ayudar a las cabras a subir y bajar cosas de la montaña.

Lo que leíste

- ¿Cuántas cabras había en la historia?
- ¿Por qué una de las cabras se demoró en llegar al picnic?
- ¿Qué hizo la cigüeña para ayudar a la cabrita?

El zorrito y el camello

Un pequeño zorro amarillo de orejas muy grandes vivía en un desierto. Era un zorrito amigable: le gustaba saludar a todos los animales que veía pasar. Al halcón le preguntaba cómo lucía el desierto desde allá arriba y si divisaba algún oasis para ir a recoger agua. Cuando conversaba con el escorpión le pedía que por favor no se le acercara mucho, pues sabía que su aguijón era venenoso. Los camellos siempre pasaban apurados, así que a ellos solo les deseaba buen viaje.

Una mañana cuando se disponía a dormir, porque prefería estar despierto por la noche cuando bajaba la temperatura, vio a un camello con muchos paquetes y bolsas en su lomo. El camello caminaba despacio, así que el zorrito aprovechó para darle alcance:

—Hola, amigo de dos jorobas, ¿cómo estás?

—¡Cansado y sediento! —se quejó el camello—. El sol está cada vez más fuerte y el calor no me deja avanzar a la velocidad que quisiera. Me gusta mi trabajo, ¡pero no me rinde! Además, creo que se me van a echar a perder los alimentos que cargo hasta el pueblo vecino.

El zorrito sintió lástima del camello viajero y le ofreció agua de la que tenía guardada en su madriguera. Ya iba a correr para traerla, cuando de repente se le ocurrió una idea:

—¿Qué tal si viajas de noche y descansas durante el día como hago yo?

Soy un zorro nocturno, ¿sabías? ¡Duermo de día y trabajo de noche!

—Tal vez sea buena idea —dijo el camello—. Solo tendría que esperar a que llegue la noche para continuar mi recorrido. ¿Pero qué hago con mi carga?

—Te la guardo en mi casa, que es muy profunda y fresca. Así no se te dañarán los alimentos porque no les caerá el sol. Y si te parece bien, ¡viajo contigo para conocer el pueblo!

El camello estuvo de acuerdo y pronto descargó todos sus paquetes y sus bolsas para que su amigo los guardara en su honda madriguera. Mientras el zorro se

acostó a dormir, el camello se arrodilló y descansó a la sombra de una palmera datilera, y por fin, cuando salió la luna, cargaron nuevamente los paquetes en el camello y caminaron cantando hasta el pueblo vecino.

Los demás camellos siguieron haciendo sus viajes durante el día. Pero cada noche, en el pueblo, esperaban a un camello nocturno que siempre llegaba fresquito, acompañado de su amigo zorro.

Lo que leíste

- ¿Dónde viven los animales de la historia?
- ¿Por qué el camello estaba cansado y sediento?
- ¿Qué hizo el zorrito para ayudar al camello?

El zorro del desierto es el zorro más pequeño del mundo y el único zorro que suele domesticarse y tenerse como mascota.

Animales
en la granja

Tito, el patito

En una granja cerca de un río nació Tito, el patito. Salió de su huevo cuando su mamá había ido en busca de comida, así que Tito se encontró solito. Sin saber qué hacer, salió a caminar.

Las horas pasaron, se hizo de noche y el patito llegó al río. Confiado, se acercó y, sin saber cómo, empezó a nadar. Al principio había pensado que se mojaría, pero enseguida descubrió que sus plumas eran impermeables.

Mientras nadaba en el río cristalino, vio que flotaba algo redondo y brillante, y se lanzó a picotearlo. Pero cada vez que picoteaba, aquello desaparecía. De repente escuchó unas vocecitas y quiso saber de dónde venían: eran unos pececitos de colores que sacaban sus cabecitas del agua, asomándose divertidos a su alrededor.

Después de saludarlos, Tito les pidió a los pececitos que lo ayudaran a agarrar aquella cosa brillante que nuevamente flotaba en el agua. Al escucharlo, los pececitos se echaron a reír:

—¡No es una cosa flotando! ¡Es el reflejo de la Luna! —dijeron en coro—. ¡Mira hacia arriba!

Tito alzó los ojos y no solo vio la Luna, sino también las estrellas. El cielo estaba llenecito de ellas. Cuando se cansó de nadar, salió a la orilla y allí se quedó un rato más mirando el cielo, hasta que se quedó dormido.

Mientras, la mamá de Tito, al encontrar el cascarón vacío, había salido a buscarlo. Viendo su preocupación, los demás animales de la granja se le unieron. Buscaron toda la noche, hasta que, al amanecer, cuando Tito despertaba, lo encontraron por fin en la orilla del río. Allí estaban los

patos, y también los conejos, los cerditos y las ovejas, que se alegraron de verlo sano y salvo.

Tito abrazó a su mamá y de regreso a la granja les dijo a ella y los demás animales que, por la noche, cuando ellos dormían, en el cielo despertaban la Luna y las estrellas.

Lo que leíste

- ¿Cómo se llama el patito de la historia?
- ¿Qué vio el patito en el agua?
- ¿Qué otros animales intervienen en la historia?

Valentino y las iguanas

Un gato, todavía cachorro, que se llamaba Valentino, llegó a vivir a una granja. Tenía el pelo de color negro brillante y sus ojos eran verdes como esmeraldas.

Valentino descubrió que en el lugar donde vivía ahora había muchas iguanas. ¡Y le encantaba perseguirlas! Cada vez que divisaba alguna, corría detrás de ella hasta que la perdía de vista.

Las iguanas de la granja andaban aterrorizadas y por eso decidieron mudarse. Querían estar tranquilas, sin que nadie las persiguiera todo el tiempo. Una de ellas sugirió enfrentar al gato, pero ninguna se atrevió, así que, resignadas, empezaron a empacar.

Cierta mañana, una gata amarilla que vivía en la misma granja observó a

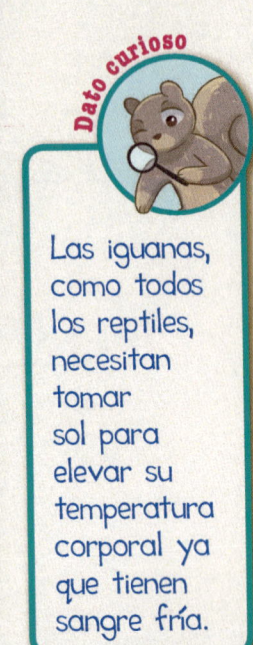

Valentino persiguiendo a una iguana. Al rato lo llamó para que se acercara:

—Eres un gato malvado —le recriminó.

—¿Por qué me dices eso? Soy un gato bueno. Además, me mantengo limpiecito. Mira cómo brilla mi pelo —reclamó Valentino.

—Te lo digo porque te he visto persiguiendo iguanas para comértelas. Por tu culpa ya no salen a tomar el sol y andan muy pálidas —dijo la gata indignada.

—¡Pero solo las persigo! ¡No me las quiero comer! —aseguró Valentino—. Ellas siempre empiezan el juego, y jugamos hasta que se cansan y se van.

—¡Ellas no están jugando, sino huyendo! —explicó la gata.

El gato se puso triste. ¡Estaba asustando a las iguanas! Valentino le pidió a la gata amarilla que lo acompañara a disculparse, pues él nada más quería jugar, ya que los otros gatos de la granja eran viejos y solo querían cantar.

Cuando las iguanas supieron las verdaderas intenciones de Valentino, se pusieron contentas y se rieron mucho de saber que se habían asustado sin motivo. Desde ese día volvieron a tomar el sol y jugaron de día y de noche con Valentino, y también con la gata amarilla.

Lo que leíste

- ¿Cómo se llama el gato de la historia?
- ¿Por qué se querían mudar las iguanas?
- ¿De qué color eran los gatos de la historia?

El pollito de Pascua

Érase una vez un pollito de color amarillo clarito, diferente de los otros pollitos con los que vivía, que eran de color dorado.

Cuando le preguntaban por qué era diferente, él respondía con una gran sonrisa «¡Porque soy un pollito de Pascua!». E inmediatamente los demás pollitos se sentaban alrededor de él para escuchar esa historia fantástica que el pollito contaba con orgullo una y otra vez:

«Un día, cuando un grupo de conejos estaba pintando huevos de Pascua para repartir por los prados y jardines, un huevito rodó desde su canasta y quedó apartado de los demás. Así fue como ese huevito se quedó sin pintar. Aunque los otros huevos eran de dulce, ese huevito no lo era y nunca se supo cómo había ido a parar ahí.

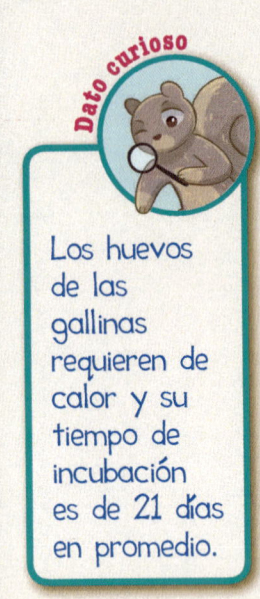

»Al verlo, una coneja lo recogió y lo puso en el bolsillo de su delantal para encargarse de él más tarde. Mientras trabajaba sintió que algo se movía entre su ropa. Buscó de inmediato para saber qué era aquello y con sorpresa, encontró que, en vez del huevo que había guardado, había un hermoso pollito que acababa de nacer. Por supuesto, el pollito pensó que la coneja era su mamá.

»La coneja le habló con cariño y le explicó que su mamá debía tener plumas y no pelos como ella. Para que no se pusiera triste, prometió llevarlo donde hubiera más pollitos como él en cuanto terminara de trabajar para la fiesta de Pascua, que era el día más atareado del año para los conejos. Así fue como el pollito vio, desde el bolsillo del delantal de la coneja, cómo los conejos usaban pinceles y pinturas para llenar de colores cada huevo, visitó prados y jardines mientras su mamá coneja los escondía entre el pasto y los arbustos, y al final de la tarde, divertido, vio cómo

personitas corrían con canastas en busca de los huevos.

»Después de trabajar en ese día tan especial, la coneja llevó al pollito a un corral donde había una gallina que lo recibió como su sexto hijito, pues ya tenía cinco. Así, el pollito creció feliz rodeado de pollitos amarillos del color del oro, sabiendo que él era más clarito, porque era un pollito de Pascua, y ese pollito soy yo».

Lo que leíste

- ¿Cómo se llamaba el pollito de la historia?
- ¿De qué color era el pollito de la historia?
- ¿Quién se echó en el bolsillo al huevito que se quedó sin pintar?

Tía Vaca y los pollitos

Había una vez una granja donde vivían dos cerditos, un burro, un perro, dos ovejas, un gallo, una gallina y muchos pollitos. Todos estaban siempre contentos, hasta que cierto día llegó una vaca enorme.

La vaca era buena y amigable, pero era tan grande que le era difícil ver a los pollitos y muchas veces estaba a punto de pisarlos.

A pesar de eso, los pollitos se encariñaron pronto con ella porque cada noche les contaba una historia antes de irse a dormir, así que empezaron a llamarla «Tía Vaca». Ellos sabían que la vaca no los quería pisar, y entonces piaban cada vez que la veían cerca para que ella supiera dónde andaban y no les pasara por encima. Pronto, el perro quiso ayudar porque le pareció que la voz de los pollitos

no era suficientemente fuerte, y entonces ladraba cada vez que veía que la vaca se movía. Lo mismo hicieron las ovejas, que empezaron a balar con cada paso que daba la Tía Vaca, y también los cerditos, que gruñían con cada movimiento de su enorme compañera de granja.

El gallo y la gallina estaban tan nerviosos que el uno cantaba el día entero y la otra dejó de poner huevos por dedicarse a cuidar a sus pollitos.

Todo el tiempo, los pollitos piaban, el gallo cantaba, la gallina cacareaba, el perro ladraba, las ovejas balaban y los cerdos gruñían. Mientras tanto, el único que estaba calladito era el burro.

El burro era muy inteligente y se daba cuenta de que últimamente el ruido era insoportable, así que se puso a pensar en cómo hacer para que regresara la calma a la granja.

Una noche, cuando los animales se disponían a escuchar la historia diaria que les contaba la Tía Vaca, el burro pidió la palabra:

—Extraño las tardes silenciosas de la granja —dijo.

Los demás aseguraron que sentían lo mismo, que el caos los ponía nerviosos. El gallo y la gallina dijeron, además, que estaban exhaustos.

—¿Qué tal si en vez de que todos hagan sus sonidos, dejamos que la única que lo haga sea la vaca? —preguntó el burro.

—¡No por favor! —respondió ella—. ¡Sería demasiado para mí tener que mugir cada vez que dé un paso!

—¡No tienes que mugir! —dijo el burrito inteligente—. ¡Solo tienes que hacer algún ruido!

—¿Y qué tal si utiliza una campanita? He visto que hay una colgada en una de las paredes de la casa —intervino uno de los cerditos mientras, entusiasmado, se retiraba para ir a traerla.

—¡Es perfecta! —respondieron en coro los demás animales cuando regresó el cerdo con la campanita.

Tenía un sonido suave que a todos les gustó, así que enseguida la amarraron a una cuerda y la colgaron del cuello de la Tía Vaca, que sonreía feliz. Así fue como los animales de esa granja volvieron a vivir en paz sabiendo que los pollitos estaban seguros porque se alejaban cada vez que escuchaban la campanita de la Tía Vaca.

Lo que leíste

- ¿Cómo era la vida en la granja antes de que llegara la vaca?
- ¿Por qué después hubo tanto ruido en la granja?
- ¿Cómo solucionaron el problema los animales?

Dato curioso

A los pollitos les encanta jugar, correr y tomar el sol. Las vacas pasan mucho tiempo pastando y son más felices si tienen amigos.

El deseo de la mariposa

Había una vez una mariposa de color azul clarito que vivía en el jardín de una granja.

Un día, la mariposa vio a dos niñas jugando y también quiso jugar, así que se acercó poco a poco hasta que llegó a posarse sobre las manos de una de ellas. Las niñas le dijeron palabras lindas y la invitaron a jugar, así que pasaron toda la tarde corriendo y revoloteando entre plantas llenas de flores. Cuando empezó a oscurecer, las niñas se despidieron de la mariposa y le pidieron que regresara al día siguiente. La mariposita se puso triste, pues quería seguir jugando y se posó encima de una margarita blanca a esperar a que llegara el nuevo día. De pronto miró hacia el cielo y vio pasar una estrella fugaz. Ella había escuchado que a esas estrellas se les puede pedir deseos, así que rápidamente, antes de que se

acabara su luz, pidió el suyo: «Quiero ser una niña».

De repente empezó a soplar un viento fuerte y se formó un remolino de hojitas que arrastró a la pequeña mariposa hacia su interior. La mariposa no tuvo miedo, pues ella amaba el viento y siempre estaba volando entre hojas, así que cerró sus ojitos y se dejó llevar hasta que el remolino se deshizo.

Cuando abrió sus ojitos sintió el calor del sol, se dio cuenta de que ya había pasado la noche y estaba parada sobre un clavel rosado al lado de un estanque. Miró para los lados y se dio cuenta de que no estaba muy lejos del jardín, así que pensó en ir volando de prisa. ¡No veía la hora de jugar con sus amiguitas! Pero antes, quiso tomar un poco de agua. Cuando se acercó a beber, vio su reflejo, y feliz pudo ver que ¡era una niña con alas! La estrella fugaz cumplió su deseo y además le dejó

sus alitas, así que ya no era más una mariposa, sino un hada pequeñita.

Desde ese día la nueva hadita pudo pasar mucho tiempo con las niñas y ayudar a cuidar las flores y las plantas junto con otras haditas que ella nunca había visto, porque las haditas no se dejan ver, pero como ya era una de ellas, la recibieron en el jardín con mucho cariño.

Lo que leíste

- ¿De qué color es la mariposa de la historia?
- ¿Qué deseo pidió la mariposa?
- ¿En qué se convirtió?

Cuentos increíbles
de animales del mundo

se terminó de imprimir
en diciembre de 2021.

Made in United States
Orlando, FL
05 December 2021

11169348R00053